そうかも…

YUKINOJYOU

今日の話題社

そうかも…

| もくじ |

ダッシュ　　　*7*

Approach　　*8*

春　光　　*10*

もう一つの海　　　*12*

青　空　　*14*

彩子・出会い一　　　*15*

彩子・出会い二　　　*16*

忘れ物　　*18*

そうかも…　　*20*

海・その一　　*21*

BLUE　　*22*

一人にしないで　　　*25*

彩子・出行　　*26*

ランナー　　*28*

逃亡者　　*29*

一　人　　*30*

get over・青空その三　　*32*

Navigator　　*34*

なみだ　　*35*

あこがれ・春に恋する秋　　*36*

海・その二　　*38*

愛において　　*40*

旅　立　　*43*

夜空の向こうに行きたかった　　*44*

愛とは…　　*45*

11 月の憂鬱　　*46*

小雪の降るクリスマスの日に　　*48*

蝋　燭　　*51*

ブルース　　*52*

銀　杏　　*55*

覚　醒　　　*56*

忘れられないこと　　　*57*

雨が止んで　　　*58*

Hey！　　　*61*

もう何も話すことはない　　　*62*

ぼくは　ここに居るよ　　　*64*

青空2・return　　　*65*

君は憶えているかい　　　*66*

いつまでもこの雨が…　　　*68*

Squeeze me！　　　*71*

この場所から　　　*72*

Departure・旅人　　　*74*

愛する人　　　*78*

ダッシュ

ぼくは坂道を駆けていく
白い小窓に君が見える

ぼくは坂道を駆けていく
そっぽを向いた君が見える

ぼくは坂道を駆けていく
顔を上げて走っていく

紐がほどけて　息が切れて
肩を緩めて振り返ったら
君は　もういなかった

あーなんだ
雨だったのか…って

ぼくは　下を向いて
左足で地面を蹴りながら
坂道を　去っていった

Approach

空を飛べたら
どんな感じだろうかって

海の上を渡って飛べたら
どんな感じだろうかって
だから
ぼくは鳥になってみた

鳥になったぼくは
いつでも
君の所へ飛んでいける

鳥になったぼくを
君は知らない
いつの日にか
空を飛んだぼくを
君は知らない

君の肩に止まって
空に向かって鳴いてみる
雲に向かって飛んでみる

だれも
ぼくを　知らないのだ

だから
木陰の枝にとまって
もう一度
君の胸に飛び込んだ
ぼくは　なぜか途方に暮れた

君の空に
ぼくの空が重なって
ぼくの空には
君の空が見えない

見えない空に君は
飛びたいと言う
なぜ…

ぼくは　また
途方に暮れて　今日の一日が
終わってしまった

それなのに　どうしても
また
木陰にかくれて羽を広げ
君の来るのを待っている

ただ　そうしたいだけ
そうしたいだけなのに…

春　光

明るい日の午後
暖かい日差しの光が
山々に伸びて広がる

足音もなく静かになった
灰色の冬たちが
屋根の下にひっそりと隠れた

あー
今こそは　春　その時
さぁー　みな立ち上がれ！

軽やかな風が首に巻きつく

鳥達は歌声を競い
草木は春の音に驚き
誰もが先にと
手を伸ばして枝を張る

心は弾み　浮かれ
明日輝く日の優しさに
両手を差し出す

騒がしい天と地の狂乱

うしろで
春がゆっくりと欠伸をした

ねむい…

地上に顔を出した蛙が
古草の陰で　ニヤリと笑った

もう一つの海

空と水平線の間に
もう一つの海がある

二人で見つめて恋した海
一人で恋してはにかんだ海

二人で誓って恋した海
一人で恋して熱くなった海

二人が一人になって
一人が一人になった時

恋した分だけ涙が溜まる

流した涙でできた海が
もう一つの海である

誰もが時々
海を思い出す
流れた涙を思い出す

恋した人も　求める人も
見つめた海を思い出す

夕日に落ちて
紫に染まる水平線は
大人になるための境界線

星に流されてきた涙も
朝靄に引かれてきた涙も
海の向こうに消えていった

今日も誰かが海を見つめる
キラキラと碧色に深く光る海

アナタの涙でできた
もう一つの海は
青金色に輝くラピスラズリ

青　空

樹々のはなし声が聞こえて
草花のささやきが聞こえて
鳥達のおしゃべりが聞こえて
虫や犬や猫達がうるさかった頃

見上げる空は
いつも真っ青で　輝いていた

だから
いつも　仲間はずれだった

彩子・出会い一

野に咲く花は可憐でしなやか
野に咲く花に訊いてみる
君はどこから来たの？

野に咲く花は静かでおだやか
野に咲く花に訊いてみる
君のなまえはなに？

野に咲く花をぼくの机の上に
飾ってみたらどうだろうか

指に触れる
小さな花が
風に揺れて

恥ずかしそうに
下を向いた

彩子・出会い二

野に咲く花に風が吹く
ぼくは盾になった

野に咲く花に雨が降る
ぼくは傘になった

両手を広げて足を踏ん張り
雨が降っても風が吹いても
嵐になっても雪が積もっても
いつもそばにいる
倒れない強い大木に…

それは　あるはずのない
空想の世界の出来事さ

風に流されてやってきた雲に
顔をのぞかれて
うつむいてしまったぼく

山から飛んできた小鳥に
頭をついばまれて
動けなくなってしまったぼく

嵐の中を飛び出してきたぼくは
遠くに見える野の花が
今日も
まっすぐに
凛としているのを見て

なぜか　くじけてしまう

忘れ物

だれかが落とした涙を
一つずつ
拾ってつなげています

泣けない人へのプレゼントです

だれかの書きかけの手紙を拾って
一つずつ
つなげています

書けない人へのプレゼントです

だれかが捨てたプライドを拾って
一つずつ
積み上げています

プライドのない人へのプレゼントです

アナタは何がほしいですか？

海に沈んでしまった貝に
紛れ込んでしまった
思い出のカケラを下さいな

あの人が海に捨ててしまった「声」を
一つずつ
拾い集めてつなげています

　ア・イ・シ・テ…

そうかも…

そうかも そうかもしれないし そうなのかもしれないし かもしれないのだ
だから
そうかもだし そうかもしれないのだし そうなのかもしれないし そうするのかもしれないと
おもったら…

泣きたくなるのさ

だから
どうなの？

海・その一

悩んだ時に　海に行く
迷った時に　海に行く

心が騒ぐ時にも海に行く
心が痛い時にも海に行く

海はいつでも冷静である
なんでも答えを知っている

海には智慧の箱がある
果てしない広さがある

孤独はいつもその中で
ひとりで泳いでいる

そうして　いつも
大袈裟にしぶきを上げて
静まり返った夜の闇に
寝息を立てて沈んでいく

BLUE

青く澄みきった青さに
導かれて　誘われて
手にヒタヒタとしみ渡る水の
心地よい冷たさに
君は「音がするね」と言った

思い出せない遠い水の調べに
耳を傾け
流れるように泳いでいく

手や足に滑るように
水の優しさが追いかけて
まだ生まれる前の自分に出会った

いつでも戻っておいでよ

癒される胎児のように
帰りたいと思う愛しさを
胸に抱かせて…

青く目にしみる青さに
君はもう何も迷うことはない
その深い色の美しさを畏敬し
自分も包まれたいと願う

魅せられて
深い青さの闇に引かれて
何も見えなくなってしまった君の
恐怖におののく目には
それが　青だとわからない

少しずつ泳いで
手や足を遮る水のざわめきに
やさしい海の激しさを見る

海の底に沈んでしまった貝を
君は「青いね」と言った
手も足も全てを投げ出し
ただ　ひたすらに
遥かなる天を見上げて
泳いでいく

時折　纏わりつく水を蹴り
泡に惑わされながら
君は「全部が青いね」と
水色の線に振り返った

白い光りの束に向かって
水を掻き分け手を伸ばす
そこには何があるのか…
さらに
水の暖かさを追い求めて
ひとり　泳いでいく

いつまでも　どこまでも

限りなく透明なブルーに
惹かれて
いつまでも　どこまでも
それが
君の青だとわかるまで

一人にしないで

家にある物ども達は
寡黙で無言である

わたしより遥か昔から
そう言えば　大人であった

彩子・出行

ぼくが急遽アメリカから戻って
部屋に戻ると
彩子はすでにいなかった

ひっそりとした部屋は
ぎこちなく　時を止めている

テーブルの上に
癖のある字が歪んで見える
やっぱり　本当なんだ

いつもと変わらない部屋の匂いに
ぼくは　息が詰まって苦しかった

日の光に晒された窓の前で
何度も　何度も繰り返された
日々を思い出す

君になりたかったぼくは
もうそこにはいない
そんな日
そんな日には窓を開けて
ぼくを突き抜ける大きな風に
流されるのも良いと
思ったのさ

そして
テーブルの上の字を
払い除けて　深いため息を
つくのだった

桜の花びらに巻かれて
散っていった彩子は
風に高く上る雲の彼方に
消えてしまった

そこでは
青い空がいつも見えるのだろうか

ねぇ　見えるの？

君は　それで良かったの？
本当に　それで良かったのかい

ぼくは悲嘆にくれて

窓から見える夕日が
空を
真赤に焼き尽くすのを

いつまでも　いつまでも
だまって見つめている

ランナー

どうしてかなって思うと
次の日がやってきて

どうして　どうしてなのかなって
思うと
次の　次の日がやってきて

どうして　どうして　どうしてなのかなって
思ったら
次の　次の　次の日がやってきた

部屋の中で膝を抱えて
カーテンの端を見つめている

時計の針は毎日
コツコツと規則正しく
ぼくを追い抜いて行く

逃亡者

お願いだから
振り向かないで
ネコのジーナがぐずるから

お願いだから
振り向かないで
ネコのジーナがさわぐから

しゃがんだ背中に
大きな黒いネコが飛び込んで
ジーナも一緒に消えてしまった

振り向かないでって
言ったのに…

抱きしめても　抱きしめても

思い出は
遠くへ　遠くへと
ひとりで　逃げていく

一　人

消しゴムで
アナタは何を消しますか？

エンピツの「字」ですか
今日書いた「手紙」ですか
昨日と書いた「日」ですか

消しゴムで
アナタは何を消しますか？

昨日愛した「愛」を
消しますか
昨日愛した「情」を
消しますか

「愛」を消したら「情」が残る
「情」を消したら「愛」が残る

アナタは何を消しますか？
全部　消してみますか？

全部　消したら
消しゴムも消えてしまった

悲しみも苦しみもすべて
ゴムの片影になって
逝ってしまった

いかにも簡単な方法です

だから　ぼくは
もう
悲しまないし
寂しくもならないし
そして
泣いたりもしないのだ
と

ただ一人に
なりたいだけなのだ
と

get over・青空その三

青空は
何でも映し出す
大きな鏡

誰かが秘密にしても
誰かが隠していても

大きな鏡は
なんでも探して
見つけて出してしまう

なんて傲慢なのか

誰かが悲しんでいても
誰かが苦しんでいても

大きな鏡は
どこでも明るく
照らし出してしまうのだ

なんて残酷なんだ

だから
青空なんて大キライ！

ドアを閉めて
カーテンを閉めて
カギをかけたぼくの中の小さな鏡

眩しくて
ぼくは　融けてしまうよ…

Navigator

愛は

誰でも操縦できる
翼のない飛行機
いつでも　どこでも飛んで行ける
簡単　便利な飛行機です

ただ問題なのは
着陸が難しいことです
時々　知らないどこかに
不時着します

どうしてって
それは
翼がないからです

なみだ

空から雲のカケラが
いっぱい降ってきた

1つずつ縫い合わせて
凧を作ってみた

外で凧を飛ばしたら
雲が糸を引きちぎって
空の上へ
逃げて行った

空を見上げるぼくと糸

青い空が急に灰色になって
雲の上から涙が落ちてきた
バケツをのみこむ灰色の
大粒のなみだ…

さかなになったぼくと糸

悲しみはぜんぶ
雲の上で
なみだになって降ってくる

あこがれ・春に恋する秋

昨日の午後
つぐみが届けてくれた
木の葉に木の枝で
勿忘草を書いている

電話のベルが鳴る
勿忘草を書いている…葉に

誰かがドアをノックする
勿忘草を書いている…枝で

ジーナが横で騒ぎ出す
勿忘草を書いている…1人で

ある日　森が目覚めて
樹々たちも一斉に動き出した時
勿忘草は　故郷の地に
帰りたがってぐずり出す

私のイスを
誰かが持っていった

だれよ！

つぐみは誰も知らない空へ
と　飛んで行く

黄落にさすらう葉が一枚
フワッと浮いて
茜色の空に舞い上がり
微かに
緑の風が鼻をくすぐった

春…
まだまだ　遠く

海・その二

たしかに
嵐の日もありました
吹雪の日もありました
太陽が照りつける
きびしい日もありました

真っ黒い雲が空を覆って
いつまでも待ち続けた
日もありました

それでも
アナタは来ません
そう
来ませんでした

だから
考えて　考えて　考えて　考えて…
やっと
海原の真中に立った時
ぼくは
初めて海の叫び声を聞いた

そこには広大無辺の英知がある
波のしぶきにうねりながらも
目指す海面に先導していく

海は逞しい賢者であった

そして
自らのさざなみを鼓動に変えて
何事もなかったかのように
今日も　そして明日も
漆黒の夜の眠りにつく

春の穏やかな日も
夏の突然の雨風も
秋の冷たい雨霰も
冬の荒れ狂う雪も

どんな日にも
何事もなかったかのように
海はただ一人空を仰ぎ
又　朝に目覚める

何を急ぐことがあるものか

どっしりと横たわる大海の前で
ぼくは　埃を叩き
キリっと
背筋を伸ばして　敬畏をはらった

愛において

君に
何でとべるの？と訊いたら
深い愛でとべる　と答えた
深い愛…　深い愛—

いったい
どこにあるのだろうか

愛　愛　愛と１億回書けば
見つかるものですか？

「では　質問です」
書かれた愛と愛の間に
何がありますか？

愛に挟まれて
動けなくなって苦しくなったら
愛が１つ消えた

１つ消えて
また　消えて
どんどん　消えて
原稿用紙の枡だけが残される

深い愛は　確かに
詩の中にあった
愛は　虚ろである

しかし
この瞬間にも
深い愛は　桝目の世界に
狂気を帯びて　君臨する

旅　立

だから、下りてきなさいって！
差し伸べた手を舐めながら
何度も戸惑うジーナ

毛玉がこんもりと
胸に　飛び込んできた

青い目の中に私がいる…

何か見つけたのかい、ジーナ
白い尾っぽが横に揺れて
青い目がくるくると回った

今朝は　久し振りに
窓を　全部
開けてみようね　ジーナ

風が無造作に
何かを探るように
部屋の中に入ってきた

清々しい空気に包まれた
ジーナと私
思わず
ふわっと　浮いた

もう春　そして惜別…

夜空の向こうに行きたかった

ぼくが何を考えていて
何を考えたいのか　を
夜空を見上げて星に訊いてみる

ぼくは何を考えたかったのだろうか…

夜空に散らばった星をかぞえる

ビルの谷間から追い上げてくる風に
頭も手も足もバラバラに巻かれて
風の中に浮かんで考えてみた
そして
夜空に散らばった星の数をかぞえる

明日は　もっと寒くなるのだろうか
と
さらに
ぼくは　何を考えれば良いのか
を
だから
夜空の向こうに落ちてしまった
明日の星を１つずつ　かぞえながら

「ハロー、グッドバイ！」って

うしろを向いて 言ってやったのさ！

愛とは…

愛とは　純粋なものである

愛とは　純白なものである

愛とは　純真なものである

愛とは
求めたものに与えられる

だから　愛とは

知ったものだけが行ける
無色　無常の世界である

11月の憂鬱

薄暗く黒光りする小道に
小さな灯が白いビームとなって
ぼくの頭に降りそそいでくる

足元に揺れる白い煙が
雨に冷やされて
染みになって沈んでいく

明日もこの小道はあるのだろうか

青黒く黙る山並が
いくつもの白い縁取りを伝って
下界の渓へと墜ちていく

夜の楽園は赤いビームに囲まれて
鈍く空ろに輝く一夜の夢物語

白い女は赤い女となって
プラスチックの黒ずんだ街に
溶け込んでいく

もう何もないポケットに
手をつっこんで
朝露に消えた白いビームの
足跡を追いかける

褐色に濁った水溜りが
ピシャッと跳ねて
白い壁に飛び散った

小道の途中で立ち止まり
手を高く振り上げてみた

容赦なく　しな垂れ掛けてくる
11月の不吉な雨

ぼくは　思わず
両手で掴んで　払いのけた

小雪の降るクリスマスの日に

しんしんと
雪が降り続ける
真白な真綿になった小雪は
さりげなく
乾いた空気の中を舞いながら
地上に降り立つ

ぼくは夜空にかかった
白いカーテンの襞の間に
一人たたずんで
頭上に広がるレースを
そっとかき分けた

夜の星達は
明日の夜に向かって
忙しく駆け足で過ぎて行く

レースのてっぺんに鎮座して
まどろむ初老の星が
ちらっと覗いては
カーテンを閉めた

冷え切った体に
もはや
何も感じることもない

雪に濡れて滲んだ字が
歪んで　揺れて
ゆっくりと
指から離れていった

届かなかった
クリスマスカード

眩しいもみの木の飾りが
悲しいまでにも輝いて
ぼくの心を苛んでいる

舞い散る小雪は
シュルシュルと何度も
水玉を作っては
シュルシュル…と溶けて
しめやかに沈んでいく

熱い額に
したたる水滴が
ためらって　涙に浮かんだ

もう
何色にも何にも見えないよ！

1日遅れの
クリスマスカード

君への
渡せなかった
クリスマスカード

まだかすかに残る
カードのぬくもりに

ぼくは　胸に
ぎゅっと抱きしめた

蠟　燭

今日も青い空

空の端っこに蜘蛛が引っかかる

吐き出す糸がからみつく

掻きだしてみたら
曇りだった

何をもってわれを生かしむ

哀愁は燃え尽きた蠟燭

口惜しい―

ブルース

戸の隙間から風が
ヒューと吹いて
どこかに消えていく
すこし冷たさを残して

また　戸の隙間が
バーン！と音を残して
どこかに消えた

徐に頬をなでた風に
あれは何だったのだろうか
と考える

どこからともなく
やって来た風に
グルグルと体を押されて
夜の闇に
深く垂れてしまった頭を
持ち上げる

さらに
あれは何だったのだろう
と
考えなければならない

思いがけず荷物が届いた日
風は穏やかな光りに包まれて
暖かかった

夕焼けの線に赤く染まる
それでもまだ暖かかった
突然の雷の轟きにも
怯むこともなく
いつまでも　そこにあった

いつしか枯葉の中に
荷物もすっかり埋もれて
どこにあるのか　また
どこに置いたのかも忘れて…
その時
ヒューと風が吹いて
枯葉が
宙に舞い上がり飛んでいった

誰も彼もがその日を忘れ
あれは何だったのか　と考える

見えなくなってしまった
荷物の上に腰掛けて
また　さらに
考えてしまうのだ

誰でも
忘れている荷物が１つある
忘れてしまいたい
重い荷物が１つある

だから
誰もが不意な風を嫌がって
こんな風のきつい日には
思わず
戸をピシャリと
閉めてしまうのだ

銀　杏

春のうららかな午後
今日も佇む銀杏の木の下

穏やかな目映い光の中で
木々は全てを脱ぎ捨て
新緑に　輝く

青い空が長い溜息を
引き摺り　曇った

言葉は　音を忘れて沈黙し
私は　アナタの前で
何１つ自分を
捨てられずにいるのだった

答えの見えない岐路に
立たされたあの日
もう一人の自分を
失った私は　大声で泣いた

誰も知らない
春のうららかな午後

青々と茂る銀杏の木の下で

それでも私は
アナタを　待っています

覚　醒

朝になって
世界が目覚める時

車輪のあるものから
ないものまで
けたたましいまでの騒音を
まき散らし

世界が大音響となって
銀河系を回転運動し
宇宙へと飛び出していく

「だまれ　おまえたち！」

私は書斎で詩を書いている

「ニャーオ」
おまえもか　ジーナ…
と
窓を開けたら

大きなくしゃみに
又　ジーナが嚔いた

忘れられないこと

忘れられないことを
忘れ去るために
太陽は毎日真っ赤に空を
燃え尽くして沈んでいく
だから
思い切って　身を捨てるのだ
なに事も　なかったように

忘れたことも
なに事も　なかったかのように

雨が止んで

雨が止んで
鳥達は木の枝から
一斉に飛び立ち
光が影を覆い　全てを緑に変えた

すでに
戻る場所を知っている者達は
何の痕跡も残さずに
静かに去っていく

戸惑う雨の滴が
急かされて
押し出されるように垂れて
大地を湿らした

雨が止んで
長い沈黙のあとに
雨が消した道のりを
何度も立ち戻っては考えてみた

そのたびに
蒼ざめた風が　ぼくの頬を
慣れた手つきで撫でては
木立の示す方向へと
通り過ぎるのだった
それは
果てしなく心を惑わす

ついて行ってみようか

拒むものが何もない森の中で
ぼくは　立ち竦んだ

なんてことだ！

木の間から顔を覗かす虚空は
昨日も今日も
青白い雲を追いたてて
月日に満たす時間を
かぞえている

たとえば
ぼくが　毎朝食するトーストには
バターを少し真中に薄く塗る
と　いったように
どこにでもある　ごく普通の
ありふれたお決まりの
ルールが　そこにもある
という　具合にだ

あれから
ぼくの中に入った雨は
まだ　降り続けている

頻りに　何かに飢えるかのように
増殖を繰り返しているのだ

得体の知れないもの
生死を超越するもの
ぼくを支配しようとするもの

そのうち
ぼくも折れて
雨もしぶしぶ止んで
１つの儀式が終わりを告げる

たったそれだけのこと
それだけのおはなし
それなのに
せっかちに
水溜りを避けようとしては
躓いてしまったりする

木立では
飛ぶのを忘れてしまった
鳥が　それでも
まだ　羽ばたいている
何かに突き動かされるかのように

また
そこから　何かが始まるのだ

Hey！

吐き出すように言葉を羅列しては
机に並べていた
日がな一日
それしかすることがなかったから

風一つ吹かない灼熱のアスファルト
その上で
今日も文字がジリジリと焼けた

だれだって気が付かないのさ
路上に失ったものを１つずつ
思い出すなんて…

あれは
確か　何だったか？
何度も書いては　書いては忘れ
書いて　書いて　書き忘れて

しょうがないから
昨日を　呼び止めたのさ

「Hey！」って

もう何も話すことはない

あぁ　もう何も話すことはない
ぼくの舌は乾き過ぎてしまった

夢の中の君
ぼくの中に眠る君よ
もう１度
夜中に起きて一緒に
蟋蟀の声を聞きに行かないか

あぁ　もう
ぼくは何も話すことがないのだ
蟋蟀の鳴き声が
「行かないで」と
何度も鳴いた

忽然と消えてしまった
君よ
ぼくの誕生日には
戻る予定はあるのかい

あぁ　もう何も話すことはない
ぼくの唇は愛の歌を忘れてしまった

こんなことは今までにも
あったはずだ

悲しいとか苦しいとか
辛いとかって
本当は紙にも書けないものだ
愛はただ　苦悩に平伏す

まだ目覚めない季節外れの蟋蟀が
「もう行かないで」と言った
だから　ぼくは
もう　行かなくちゃ

愛は
いつも　過激に饒舌だから

ぼくは　ここに居るよ

満月の夜
君は背中を向けて
細い肩を震わせ　嗚咽した

ぼくは木偶坊のように
ただ
そこに　突っ立っている
何も出来ない　意気地なしだ

夜の闇に　ポツンと
浮かんだ君は
小さな硝子細工の人形

月明かりが窓から差して
全てを遮ろうとした時
ぼくは　君の影になった

際限の無い　静けさの歪に
身を　任せていく
遣る瀬ない思い　声なき響き

ぼくは　ここに居るよ…

青空 2・return

緑の線を越えて
今日はまったくの
青い空
手がとどきそうだった
だから
行かなくちゃ

誰かが待っているはず
あの空の向こうに
だから
行かなくちゃ

指がとどくよ　もう少しで

ほら
戻れるよ　すぐそこに…

それなのに
それなのに

どうして　こんなに
なみだが　出るんだろう

君は憶えているかい

君は憶えているかい

水平線の向こうへ飛び込む
太陽を呼び止めたことを

あの日　引き止めた太陽に
ぼくは告白することがある

若葉が初めて冷たい風に
震えた日
風は後込み　灰色の雲に隠れた

ぼくは　答えの見えない
失意の中で
壊れつつあったもう１人の
自分を探して
風よりも大声で叫んだこと

黒い蔭が　屋根を覆って
言語が不条理に捨てられた

重く伸し掛かかる
投げ捨てた言葉に
何度も問いかけながら
自ずと口を閉ざしていった

君は憶えているかい

夕立のあとに
雨の滴が葉に浮かんで
涙ぐんでいたことを
どんな沈黙にも必ず　そこには
何かの悲しみが隠されている
と
雨が教えてくれた

あれから　ぼくは　ずっと
時の記憶に埋もれた
人生の意味を探している
暫くすれば　きっと
何かが動き出すに違いない
と

やっと
線香花火が凍りついた
更なる静寂のあとに
ぼくは　真空をみる

かつて塞がれた唇は
過ぎてしまった時を
今
遥かに超越して　蘇る

いつまでもこの雨が…

いつまでもこの雨が止まないのは
なぜ？
隣から聞こえてくるハーモニカの
音色が
いつまでもビービーとした音しか
出せない訳でもないのと同じだ
でも　その前にぼくは壁に向かって
1人　黙想する

一日に　朝と昼と夜があるように
誰かが訪れたら　誰かが旅に出て
誰かが隠れてしまうのだ

突然　雨が止んでも
隣のハーモニカが奇跡的に
ブルースを奏でたとしても
ぼくはやっぱり　沈黙したままだ

やがて　待ちくたびれたカラスが
山に向かって叫び出す
カラスも夜は山で考えに耽る

ぼくはこの静けさに負けて
本当に嫌になって　人生を諦めて
充分過ぎるぐらいに

うんざりしていたのに
今夜も　また
本に顔を埋めて
やっと　眠りについた

夜の雲がカラスを連れていく

忌まわしい黒雲よ　彼方に去れ！
風よ　止まれ　雨を導け！

季節はずれの木の枝の実が
窓をこすって傷をつける
そんなことは　今までにも
何度もあったことだ
窓ガラスを開けて空を見上げる

さらに　大きな風が吹いて
木の枝がガラスを叩き割り
ぼくの中に入ってきた

あー
どれだけ　この痛みが心臓を
貫き赤く染めたことか

その中でまだ不確かな実だけが
スクスクと育って　今では
ぼくの背丈を軽く越えてしまった
それだけが妙に目立って
ぼくは気絶しそうだ

そして
ひたすら沈黙した
そうするしかないのだから

あれ以来
全く食欲が失せてしまった

Squeeze me！

あれはいつだったか…
こころを小刻みに震えさせ
耳の奥まで熱くさせたあの日

新緑の風薫る　美しい午後

ぼくは
ぼくの知らない
戯れる目映い光の中で

世界中のため息を殺して
君が
窒息しそうになるぐらい
全身全霊で　抱きしめた

この場所から

君の前に跪くことが出来れば
どんなに
この苦しみから逃れることが
出来ただろうか
君の前に項垂れることが出来れば
どんなに心が砕けて
むずがる黒雲を宥めることが
出来ただろうか

それでも
ぼくは　そうしない
苦悩は旅人なのだ
もう二度と戻れないことは
誰でも知っている

ぼくの居場所は
夏の終わりに
忘れられた祭囃子
取り残された　青春の彷徨

提灯の小道を駆け抜ける

昨夜　梔子の木の蔭から
放った花火の矢が頬を貫いた

それでも
ぼくは
ただ　こうして佇む
ただ　こうしていたいのだ

この場所から

滴る血を　頬に滲ませながら
限られた時間の
火花が散らした残り火を　眺めている

Departure・旅人

行くあてのない旅人は
時々　木の下で休んでいる
夜空の星を見上げる

闇夜に浮かぶ赤い月に
森の鳥達は怯えて
ぼくの持ってきた
小さなカバンの中で
やっと　眠りについた

ぼくは月明かりの下で
これからの道のりを
長い手紙にしたためている

そんな日が続いた　ある日
ぼくは　疲れ果てて
埋もれるように　手紙の中で
深い眠りについたのだった

旅には必ず　段取りや
理由があるはず
用意を周到にしたつもりでも
不意な出来事に戸惑って
いつも失意の底に落とされる

なにかの気配で鳥達が
一斉にカバンの中から飛び出し
森へ続く道へと消えていった

旅立つ鳥は何の痕跡も残さない
人は忘却を恐れて　全てを
失うことに躊躇する

ぼくは　ようやく
月日の厳しさに気づき
五月の新緑の匂いに
目が醒めた

その日から　毎晩
夜が更けると
北風に乗った黒い影がやってきて
知らない道へと誘うのだった

そして
幾日かの闘いの末に
黒い影を
カバンの中に押し込めると
夜陰から
白い影がやってきた

それでも
道に迷い　路上に残された者は
自分を納得させるために
考えなければならなかった
し
月に見放されて　残された者も
過去の自分を奮い立たせて
足跡を残すために
再び　考え始めるのだった

ぼくが書いて送った手紙は
やはり戻ってきていた

行くあてのないぼくは
どうしようもなく
五月の森の前で　右手を挙げて
宣言するのだった

通り過ぎた時を許し　自分を許し
かつてはそうであった黒い影と
白い影の蜜月のように

ぼくは　自分の人生に融合する
そして
再び　旅立つことを

愛する人

背中合わせに立っている木々は
いつの日か
互いに向き合い　互いに耳を傾け
朝となく夜となく同じ夢を見て
互いが永遠に生き続けるものだ
と　信じていた

そして
背負った心臓が1つになることを
どれだけ　願ってきたことだろうか

時は驚くほど早く訪れる
曲がった枝が容赦なく伸びて
時折　思い出したように
交差しては
心臓の奥深くを激しく揺らす

この世界がたとえ終わろうとも
この心臓がたとえ止まろうとも

未来永劫に　離さない！

その麗しく奏でる鼓動を
誰が
神に差し出せるというのか！

あぁ　愛する人よ…

Message for you, 最後に

Dear 読んで下さった方へ

奇跡の波が
係わる全ての人生に
激しく　打ち寄せて
天与の運命が
心震える喜びで毎日が
満たされますように

　　そして
本当に　ありがとう…

幸せの花をアナタに

with love
愛を込めて

YUKINOJYOU

YUKINOJYOU
（叶世　雪之静）

1956 年高知県生まれ。
東洋占術研究家、法政大学文学部卒業。
- 現代断易研究所（M.D.A.）代表
- 著書　＜奥伝＞断易秘法上（東洋書院）
　　　　現代断易実践　中・下、納爻表（私版）

そうかも…

2018 年 12 月 27 日　初版発行

著　者―――YUKINOJYOU（叶世　雪之靜）
装幀＆組版――齋藤視倭子
発行所―――今日の話題社（こんにちのわだいしゃ）
　　　　　　〒142-0051　東京都品川区平塚 2-1-16 KK ビル 5 F
　　　　　　TEL：03（3782）5231　FAX：03（3785）0882
印刷・製本――ニシダ印刷製本

ISBN978-4-87565-643-2 C0092 Y1300E